AF384951

Par Pierre-Alexandre Lévesque
le La Ravallière, d'après
Barbier)

Yf 9949.

ESSAY

DE COMPARAISON

ENTRE

LA DECLAMATION

ET

LA POESIE DRAMATIQUE.

PAR M. L.....

A PARIS,

Chez {
LA VEUVE PISSOT, Quay de Conty, à la Croix d'Or.
Et JEAN-FRANÇOIS TABARIE sur le même Quay.

MDCCXXIX.
Avec Approbation & Privilege du Roy.

ESSAY

DE COMPARAISON
ENTRE
LA DECLAMATION
ET
LA POESIE DRAMATIQUE.

A Monsieur CAMUSAT.

MONSIEUR,

L A belle déclamation de la D^{lle} Balicourt a reſſuſcité la Tragédie de Medée de M. de Longepierre. Tout Paris court avec empreſſement à la repré-ſentation de cette piéce, qui n'étoit connuë que des Sça-

A ij

vans, & qui restoit cachée &
presque ignorée dans les bi-
bliotheques. La Tragedie d'E-
lectre du même auteur aura encore obligation de la lumiere,
où elle va paroître, au grand
éclat qu'a eu Medée.

Vous devinez sans doute,
Monsieur, où ce début va me
conduire. Partisan déclaré de
la déclamation, je ne puis pas
laisser échaper un moment si
favorable de vous en entrete-
nir & de justifier mon sentiment si opposé sur cette matie-
re, dites-vous, à ce que pense
le reste des hommes.

En vain M. de Longepierre
avoit fait tous ses efforts, comme Aristote le conseille, pour
donner une Tragédie si par-
faite, qu'elle fût capable de
plaire sans le secours des Comédiens & hors de la répré-

fentation ; en vain avec le fe-
cours d'une expreſſion travail-
lée, il eſpéroit animer & ſoûte-
nir ſon ouvrage „ lors que n'é-
„ tant plus dans la bouche des
„ Acteurs qui lui donneroient *Pref. de*
„ en quelque maniere la vie, *Medée*
„ il ſeroit comme mort ſur le
„ papier, l'ouvrage étoit mort
effectivement : quelques défauts, ſur tout celui de l'expreſſion dure & forcée en plu-
ſieurs endroits, avoient offuſ-
qué les beautés dont brille
cette piece. Medée, quoi que
faite d'après les plus grands
modeles, languiſſoit auprès
d'Amalaſonte & de Virginie,
quand une Actrice a ſçu la faire revivre & la faire admirer
du public. Cet exemple ſert à
confirmer mon opinion ſur la
déclamation.

Vous voulez bien, Monſieur,

que je m'en explique dans cette Lettre avec plus d'ordre & avec plus d'étenduë, que je ne le fis lors que nous en parlâmes. Vous regardez tous les acteurs, quels qu'ils soient, comme des échos, qui ne diroient rien, si d'autres n'avoient parlé avant eux : il est vrai, dites-vous, que quelques-uns rendent les sons plus distinctement & avec plus de grace que d'autres : un talent si borné après tout, doit-il être d'un grand prix & peut-il entrer en comparaison avec le merite & le genie du Poëte ? Vous remarquâtes qu'Aristote & Horace, les premiers maîtres du dramatique, avoient fait si peu de cas de la déclamation, que ni l'un ni l'autre ne l'a point comptée dans la distribution des parties du poëme, quoi qu'Aristote y ait placé la décoration du théatre, qui est sans contredit moins considerable que la déclamation.

Je pense au contraire, qu'à peu de chose près, l'art de la déclamation est aussi beau, aussi grand, aussi nécessaire que celui de la poësie : Bien plus, je crois, qu'en examinant & en lisant une Tragédie, quelque achevée qu'elle soit, il est impossible d'y apercevoir & d'y découvrir dans toute leur éten- duë certaines beautés qui n'é- clatent & qui ne se dévelopent que sur le théatre. Je sçais que je heurte le précepte d'Aristo- te, le sentiment de Corneille, & celui sans doute de bien d'au- tres ; mais si l'experience est contraire au sentiment de ces grands hommes, & s'il est vrai que les sublimes beautés de quelques-unes des Tragédies du Grand Corneille lui-même ne paroissent jamais dans une si belle pompe & dans une si grande majesté, que quand elles sont joüées par d'habiles acteurs : cette experience prête un grand appui à mon systême.

Pour revenir à ce qui fait le sujet de cette Lettre, & pour y établir un objet certain, je vous prie, Monsieur, de vous rapeller la juste distinction que je mets entre des Comédiens sans art & sans naturel, qui sont comme vous les définissez, de simples échos, en qui l'on ne reconnoît de merite, que celui de pouvoir apprendre & repeter leur rôle, bien differens d'avec ces acteurs illustres, qui apprennent par cœur à la verité, mais qui sçavent charmer par la beauté de

la voix , la juſte flexibilité des
tons , la varieté du geſte , &
certain air gratieux , aiſé &
naturel dont ils accompagnent
tous leurs mouvemens, & qu'ils
répandent ſur tout ce qu'ils
prononcent.

L'art de ces acteurs illuſtres
peut ſeul entrer en comparai-
ſon avec celui du Poëte. Une
déclamation ſublime , expreſ-
ſive & animée contribuë autant que la poëſie aux plaiſirs
& à la perfection du théatre :
il ſemble que le ſecret de re-
müer le cœur , qui eſt l'unique
objet du poëme dramatique ,
lui ſoit deſtiné : elle ſeule ſçait
le ſurprendre & l'émouvoir,
lors qu'il eſt preſque indiffé-
rent & comme immobile , plus
puiſſante que la déclamation,
qui n'auroit pû que l'ébranler,
elle l'entraîne & elle le remplit

Gherardi.
Pref. du
Th. Ital.

de la paſſion. Ce ſecret donne
au dramatique ſon dernier dé-
gré de perfection. Heureux
dans cet enchantement, ſi la
ſcêne, reſpectant toûjours la
pureté des mœurs & la trop
grande foibleſſe de la nature
humaine, elle n'attiroit les
hommes que par des images,
qui, ſous le voile & à la faveur
du plaiſir, n'offriſſent que des
inſtructions ſolides.

Entre la déclamation & la
poëſie, je n'entrevois que la
difference que l'idée ſeule y a
miſe: une exceſſive prévention
a toûjours fait prodiguer à l'u-
ne l'encens & les lauriers im-
mortels, pendant qu'on n'ac-
corde à l'autre que des batte-
mens de main & des applau-
diſſemens paſſagers: quelques-
uns à la verité font ce partage
plus judicieuſement.

Vous partagez entre Racine & vous, De notre encens le tribut légitime.

La juſtice & l'équité de ce tri- but ſont fondées ſur l'union & ſur la conformité de l'action & du ſuccès de l'acteur & du Poëte.

Si l'art de la déclamation n'a jamais été autant vanté, que celui de la poëſie, ce reproche ne tombe point ſur le fonds ou ſur l'eſſence de la déclamation. La connoiſſance de l'un & de l'autre art & la pratique un peu plus ou moins étenduë ont cau- ſé cette diverſité de ſentimens & d'admiration. La poëſie beaucoup plus connuë & plus communément pratiquée ar- rête & flate davantage : elle offre une amorce de gloire a- près laquelle un eſprit jeune & brillant court avec ardeur. Quel homme en effet, je ne parle pas seulement de ces hommes nés pour les muses & pour les belles lettres, assez heureux pour en faire leur unique gloire & leur seule occupation, quel homme ne s'est point appliqué à la poësie dans quelque tems de sa vie ? les traités en sont si communs & si répandus, qu'ils se trouvent entre les mains de tout le monde : elle n'a presque plus de mysteres cachés, ni de secrets qui n'ayent été dévelopés : on en connoît les régles, leur ordre & leur œconomie : on trouve fréquemment les momens d'en raisonner : il y a une gloire attachée à le pouvoir faire, du moins avec quelque connoissance des principes ; on croit par là obtenir le droit flateur & la vaine confiance si ordinaire de juger souverainement des ouvrages, de leur accorder ou de leur refuser ses applaudissè-mens.

Ne nous arrêtons point ici, Monsieur; ce n'est pas le lieu de nous plaindre de l'injustice d'un droit si peu fondé, qui fait souvent le premier sort d'un ouvrage, il suffit que la possession en est ainsi établie, je n'en demande pas davantage pour preuve de ce que je dis.

Cette légere étude & cette connoissance superficielle, mais presque générale, laissent un avant-goût & forment des impressions favorables, qui produisent enfin cette admiration générale & cette attention plus particuliere pour la poësie & pour ceux qui la cultivent avec succès.

Je ne prétens point blâmer

un suffrage si judicieusement
accordé, j'y applaudis de toutes mes forces ; & pour préve-
nir les reproches qui pourroient m'être faits, si quelque
jour la dispute s'engage plus
avant, je déclare que loin de
vouloir porter une main ma-
ligne sur les justes lauriers dont
les bons Poëtes ont été cou-
ronnés dans tous les tems, loin
de vouloir ternir les derniers
honneurs que des Villes & des
Rois ont rendus à leur mémoi-
re, je voudrois voir ces mêmes
honneurs s'accroître & aug-
menter : je regarde seulement
la déclamation comme ayant
droit de prétendre aux mêmes
honneurs & aux mêmes prix.
Si Melpomene prête à l'une &
à l'autre les mêmes graces &
les mêmes secours, elle auroit
dû leur assurer les mêmes ré-
compenses.

A travers les applaudisse-
mens dont la poësie eſt com-
blée, je prens garde, que peut-
être cette prédilection ſi con-
ſtante n'eſt qu'une ſuite du préjugé & des teintures des pre-
mieres études. Le ſuffrage auroit dû être plus balancé entre
les deux rivales, ſi l'on avoit
voulu examiner ce qu'elles ſont
en elles-mêmes. Quoi qu'il en
ſoit, la déclamation pratiquée
par moins de perſonnes n'a jamais pû ſi vivement reveiller
la curioſité, elle ne paroît ne-
ceſſaire qu'à ceux qui y ſont at-
tachés par leur profeſſion; eux
ſeuls l'étudient, la connoiſſent
& la pratiquent.

Mais quoi qu'elle ſoit comme
releguée & comme abandon-
née à ce petit nombre de con-
noiſſeurs, les plus indifferens
pourtant auront peine à ne pas

remarquer qu'elle est remplie de beautés & de délicatesses, ausquelles un acteur ne peut parvenir qu'avec de grands talens & en surmontant bien des difficultés : elle a des principes certains sur lesquels ses situations, son harmonie & sa justesse sont reglées ; si l'acteur s'en écartoit le spectacle ne seroit plus qu'un tissu de défauts & d'irregularités,

Le divertissement seroit une fatigue, comme le Poëte François le dit d'un poëme où l'intrigue est mal débroüillée.

L'indifference répanduë sur l'art en a produit une semblable pour ses régles & pour ses préceptes : on a négligé de les conserver dans des traités particuliers. Quelques Auteurs à la verité, dont la plûpart même ont renfermé leurs traités

dans

dans les bornes d'un poëme, nous ont tracé différens préceptes sur l'action du Prédicateur & de l'Avocat : mais je doute qu'aucun ait pensé à réduire en régles celle qui convient à un Acteur, dont les expressions & les mouvemens sont plus marqués, plus forts & plus diversifiés. Roscius ce sçavant Comédien Romain , dont le nom seul servoit d'éloge à ceux qui excelloient dans quelque genre, Roscius * apparemment avoit fait ce traité dans son livre de *la Comparaison de l'art du Théatre avec l'éloquence* : l'ouvrage n'est point venu jusqu'à nous , on ne peut trop en regretter la perte. Il ne faut compter pour rien sur cette ma-

* *Hoc jamdiu Roscius est consecutus ut in quo quisque artificio excelleret , is in suo genere Roscius diceretur.* Cicer. de Orat. Lib. 1.

tiere le petit poëme *dell' arte rappresentativa*, qu'un Come-dien Italien vient de donner au Public : la jalousie ou le préju-gé ont dicté au sieur Lelio, qui merite d'ailleurs la réputation de Comedien assez habile dans son genre, les faux jugemens qu'il porte sur nos excellens Poëtes tragiques & sur nos cé-lebres Acteurs.

Aristote, comme me l'ont ob-jecté plusieurs personnes, n'a point parlé de la déclamation, parce que dans sa Poëtique il ne traite que des parties, qui, ayant rapport à la consti-tution du sujet du poëme, dé-pendent proprement de l'*Art poëtique*, les autres parties, dont il n'est pas besoin que le Poëte soit instruit, parce que d'autres y suppléent pour lui (la déclamation est de cette eſpece) ces parties ont beſoin d'autres arts , que les maîtres appellent *ſubſidiaires*. Horace eſt entré dans le détail encore moins avant qu'Ariſtote ; il n'a en vûë dans ſon chef-d'œuvre de Poëtique, que d'inſtruire les Piſons des régles & des préceptes auſquels les Poëtes doivent s'aſſujettir : toute autre partie du poëme eſt étrangere à l'objet de ſon art poëtique.

On pourroit me faire une objection que je préviendrai, Monſieur , ſi vous voulez bien me le permettre. Quelqu'un me diroit peut-être, que la déclamation n'eſt point un art , puiſque ſes régles ſont arbitraires & indéciſes, & qu'elles ne ſont point fixées ni conſervées dans des traités particuliers. L'exemple des Acteurs , qui excellent

Corneille
I. *diſ.* du
Poëme
dram.

aujourd'hui sur le Théatre for-
tifieroit cette objection ; leur
goût seul & leur génie, sans le
secours d'aucun maître effectif,
les ont guidés & conduits à la
perfection, que nous admirons
en eux.

Mais si la déclamation ne
peut toucher le cœur, & si elle
ne plaît qu'autant qu'elle est
reguliere, toûjours la même,
toûjours conforme à la passion
qu'elle presente ; il est donc
vrai qu'elle a des régles certaines & des principes secrets
ausquels elle est soûmise : or
s'il y a des principes, il y a un
art : l'art existe dans ceux qui
l'exercent ; le choix de cette
profession, la nature, l'étude,
les modeles leur servent de
maîtres, & les instruisent au
défaut des livres & des traités.
Les sieurs Baron & Quinaut,

qui font l'Efope & le Rofcius *
du Théatre François font &
font eux-mêmes ces régles, ces
préceptes & ces principes.

Un art auffi peu connu , &
traité fi fécretement , n'a pas
pû fe faire un grand nombre de
partifans ni d'admirateurs. Il
eft aifé de croire , que la plûpart de ceux qui aiment le fpec-
tacle n'ont peut-être jamais
penfé qu'ils fuffent fi redeva-
bles à la déclamation du plaifir
qu'ils y goûtent : ébloüis par l'é-
clat de la poëfie, qu'ils connoif-
fent & qu'ils aiment , ils n'ont
plus d'yeux ni d'oreilles ; pour
remarquer qu'un autre art con-
court à exciter ces grands mouvemens & ces tendres fentimens , qui les flatent & qui les
rapellent fi fouvent au théatre.

* *Quâ gravis Æfopus , quâ doctus Rofcius ,*
egit . . . . Hora. L. 2. Ep. 1.

Que ma Lettre, si elle passe entre les mains de ces indifferens, puisse leur découvrir le concours de ces deux arts, & leur faire discerner les grands secours que l'un prête à l'autre. Ceux qui verront ce systême, pourroient m'en attribuer la nouveauté : je ne fais cependant qu'étendre l'idée & l'opinion des plus grands maîtres. M. Despreaux n'a-t-il pas exprimé ce sentiment en quatre mots ?

Ep. à M. Racine.

Que tu sçais bien Racine, *à l'aide d'un Acteur,*
Emouvoir, étonner, ravir un Spectateur :
Jamais Iphigenie, en Aulide immolée,
N'a coûté tant de pleurs à la Grece assemblée,
Que dans l'heureux spectacle à nos yeux étalé,
N'en a fait, sous son nom, verser la Chanmeslé.

S'il est vrai que Racine, lui dont la poësie fut dictée par les graces, lui à qui l'auteur de

ces vers & le public ſont prêts
de délivrer le prix de la Poëſie dramatique , lui dont les
piéces ont moins beſoin que
toutes les autres du ſecours de
la déclamation pour toucher
& pour plaire , comme vous
le dites, Monſieur, dans la vie
de ce Poëte que vous avez faite,
& que le Public eſpere de vous,
s'il eſt vrai enfin, que Racine
doive tant à une habile Actrice,
& que ce ne ſoit qu'avec le ſecours d'une *Chanmeſlé* , qu'I-
phenie puiſſe faire verſer tant
de pleurs, quel grand préjugé
& quelle favorable conſequen-
ce ne dois-je point en tirer en
faveur de la déclamation ?

En d'autres endroits M.
Deſpreaux ſemble encore faire plus d'attention à l'art de
l'Acteur qu'à celui du Poëte ;
il mêle & il confond telle-

ment l'action de l'un & de l'autre, qu'elle paroît la même.

Art poët.　Je me ris d'un *Acteur*, qui, lent à s'exprimer,
De ce qu'il veut d'abord ne sçait pas m'infor-
　　mer,

.　.　.　.　.　.　.　.　.　.　.　.

Pour me tirer des pleurs il faut que vous pleu-
　　riez.

.　.　.　.　.　.　.　.　.

Les grands mots dont alors l'*Acteur* emplit sa
　　bouche,
Ne partent point d'un cœur que sa misere tou-
　　che.

Le Commentaire montre
clairement, que le Poëte prête
ses *mots* à l'Acteur dans l'espe-
rance qu'il sçaura en emploïer
l'art & le secret, pour *informer*
le spectateur, pour le *toucher*,
& pour lui *tirer des pleurs*. Quelquefois même les mots que
l'Acteur prononce font la
moindre science & la moindre
force de son art : son silence,
ses yeux, une attitude parlent
& émeuvent davantage ; c'est
　　　　　　　　Herode,

Herode , qui croit goûter du repos & trouver le calme ; c'est Medée dans son fauteuil , furieuse, agitée ; c'est Junie , inquiete & contrainte auprès de Britannicus ; enfin , en plusieurs situations, ce sont des expressions muettes, si cela se peut dire , plus parlantes que les mots : ces grands coups de théatre ne brillent que dans les grands Acteurs.

Rome n'a point eu de Corneilles ni de Racines. On peut présumer que ses plus excellens Tragiques n'avoient point atteint à une exacte perfection : par conséquent il y auroit moins lieu de s'étonner de la remarque de Quintilien. * Les Acteurs , dit-il , répan-

* *Scenici Actores optimis Poëtarum tantum adjiciunt gratiæ , ut nos infinitè magis eadem illa audita quàm lecta delectent,* Quint. de Orat l. II. c. 3.

C

dent tant de graces sur les
ouvrages des plus excellens
Poëtes, que leurs vers touchent infiniment plus à la ré-
préfentation qu'à la lecture ;
mais puifqu'il parle également
des Acteurs Tragiques & Co-
miques, & que Rome a vû fur
fon théatre les plus grands
maîtres pour la Comédie ; ce
Rheteur vouloit exprimer en
général que la Poëfie dramatique perd beaucoup de fes graces & de fes attraits, lors qu'elle
n'eft point foûtenuë de la déclamation.

Si je remontois au théatre
de la Grece, fi amoureufe des
fpectacles, & fi heureufe en
grands hommes, qui pouvoient
abondamment contenter fon
goût & fon amour : j'y verrois
les Euripides, les Sophocles
foûtenus dans la repréfenta-

tion d'une plus grande nobleſſe, d'une plus grande vivacité & d'une plus haute dignité, que celles qui éclatent dans leurs merveilleuſes piéces en les liſant. J'y verrois un Tyran ne pouvoir retenir ſes larmes à la répréſentation des Troades d'Euripide, & faire ſuccéder à la pitié, que lui inſpirerent l'image & le récit des malheurs d'Andromaque, un repentir efficace de ceux qu'il avoit cauſés à ſes peuples. *

Peut-être, Monſieur, que ce qu'on appelle *ſecours de l'Acteur*, eſt auſſi grand, auſſi eſſentiel, auſſi difficile, que l'ouvrage même. Déclamer, comme le fait un bon Acteur, c'eſt preſque créer de nouveau; c'eſt tellement poſſeder un poëme, qu'en le répétant l'Acteur le donne & le fait paſſer pour ſon propre

* Plut. *Vie de Te-* *lopidas.*

ouvrage, qu'il produit à l'inſtant : ce n'eſt point une ſéche répétition, où la memoire fait tout, c'eſt une nouvelle compoſition, qui ajoûte avec abondance un nouveau luſtre & un nouvel éclat au premier travail. La richeſſe & la diverſité des expreſſions, que la déclamation fournit ſont étonnantes. Roſcius, qui la connoiſſoit dans toute ſon étenduë, vouloit prouver à Ciceron, que l'éloquence ne peut pas avoir plus d'expreſſions differentes, pour exprimer une même choſe, que l'art du théatre offre de différens mouvemens pour la faire bien ſentir. Je vous prie, Monſieur, de faire une attention particuliere à ce ſyſtême de Roſcius.

Puiſque que je ne vous écris point en Théologien, mais ſimplement en homme touché de la déclamation, & qui defire que fon objet pût être toûjours corrigé de ce qui peut la rendre dangereufe, je ne crains point de joindre aux autorités de Rofcius & de Quintilien celle d'un fçavant Prelat, que la pureté de fon état, & la fainteté de fa vie armerent, dans le fiecle dernier, contre les dangers du théatre. ,, Là, dit-il, ,, on fe voit foi-même dans ,, ceux, qui paroiffent comme ,, tranfportés par les paffions : ,, on dévient bien-tôt un ac- ,, teur fecret dans la Tragé- ,, die … Si les peintures immo- ,, deftes (remarquons, s'il vous plaît, Monfieur, par quelle comparaifon ce grand Evêque s'anime contre le théatre, le vice qui le fait frémir de crainte peut être banni de

M. Boffuet Evêque de Meaux. *Maximes & Reflex. fur la Comedie.* …

C iij

la scène) „ Si ces peintures
„ ramenent naturellement à
„ l'esprit ce qu'elles presen-
„ tent : combien plus sera-t-on
„ touché des expressions du
„ théatre où tout paroît effec-
„ tif, où ce ne sont point des
„ traits morts & des couleurs
„ seiches qui agissent, mais
„ des personnages vivans, de
„ vrais yeux ou ardens ou ten-
„ dres, & plongés dans la pas-
„ sion, de vrayes larmes dans
„ les Acteurs, qui en attirent
„ d'aussi veritables dans ceux
„ qui regardent.

Peut-on mieux & plus sensiblement representer les effets
& le pouvoir de la déclamation? Peut-on la distinguer & la
separer plus clairement de ces
traits morts & de ces couleurs
seiches, qui sur le papier ne touchent que foiblement. Un Poë-

te a mis en rimes les expreſſions de cet illuſtre Prelat : puiſque ſes vers , remplis d'ailleurs de beautés qui appartiennent au Poëte , ſe preſentent à ma plu-me , je les joins ici.

Là de nos voluptés l'image la plus vive ,
Frape, enleve les ſens , tient une ame captive ;
Le jeu des paſſions ſaiſit le Spectateur ,
Il aime, il hait , il pleure , & lui-même eſt
   Acteur.

„ La Comédie repreſentée, ſe-lon le ſentiment d'un autre Auteur, " eſt auſſi diſſemblable „ de la lecture , qu'un corps „ vivant eſt different d'un corps „ mort, qui a des yeux ſans feu, „ des pieds ſans mouvement, „ des membres ſans action. „ Telle eſt la Comédie ſur le „ papier, on y voit le corps des „ paſſions ſans ame.

Maintenant , Monſieur , je vais faire un leger crayon des

préceptes les plus apparens de l'un & de l'autre art, afin d'établir le parallele dans tous les jours, sous lesquels je le conçois.

Les traités de la Poësie parlent de l'utilité du poëme, ils fixent l'arrangement du vers, sa mesure, sa cadence & la justesse de la rime ; ils peignent le caractere, les mœurs, le langage de chaque personnage, ils déterminent le lieu, le tems, la durée de l'action : c'est là à peu près où les préceptes se réduisent.

Les traités de la Déclamation, tels que nous les avons, expliquent les avantages de *l'action* ; ils enseignent quand & à quels momens le Declamateur doit être hardi, fier, orgueilleux, timide, tendre & abaissé : ils mesurent, pour ainsi dire, ses ris, ses larmes, sa joie & sa tristesse : ils reglent le mouvement de ses bras, l'étenduë & les inflexions de sa voix.

La connoissance de ces préceptes n'est rien, si elle n'est soûtenuë par des qualités plus essentielles, & par un fond de genie fécond & disposé pour l'art qu'on embrasse : il faut encore posseder certaines graces, qui font seules la belle Poësie & la belle Déclamation : elles naissent dans la Poësie du genie & de l'influence : elles ont une même source dans la Déclamation ; c'est l'ame, le goût, le patethique de l'Acteur, qui peuvent seuls faire son succès & sa gloire : la nature répand, comme il lui plaît, ces dons précieux à ses plus chers favoris. La Demoiselle le Couvreur, la Cythéride de nos jours, a été heureusement partagée de ces rares presens : la nature a mis en elle le principe de ce talent plein de graces dont elle charme la France.

M.de Volt. à Mlle le Couvreur.

Sur le Théatre heureusement conduite,
Parmi les vœux de cent cœurs empressés,
Vous recitez par la nature instruite.

L'art & le travail ont fini cet heureux naturel, de sorte que dans les rôles, qui lui sont propres, elle fait le plus grand agrément & le charme secret du spectacle.

A M. de Vol Ep. sur sa Mariamne.

Sans elle l'on verroit la Scène sans vigueur,
Et Melpomène prête à tomber en langueur.

Il est hors de doute, que sans les rares qualités de la nature, on ne parviendra point à être Acteur ni Poëte : en effet combien de Poëtes remplis des préceptes des plus scrupuleuses poëtiques, sont restés dans l'oubli, parce qu'ils étoient entrés dans la carriere, sans être guidés par le *genie*. Je ne ferai que rapel-

ler la triste avanture des Tragédies d'*Alinde* par la Menar-
diere, & de *Zenobie* par l'Ab-
bé d'Aubignac, qui tous deux
possedoient si parfaitement les
préceptes de la Poëtique, qu'ils
nous en ont donné d'excellen-
tes régles : leurs Tragédies cependant n'ont eu aucun succès.

De même, combien d'Acteurs
ayant tout l'exterieur & toutes
les qualités, que les Traités
démontrent, ont échoüé dans
la representation, parce qu'ils
n'étoient point soûtenus par
ce goût & par cette ame, qui
animent tout. J'en vis un qui se
présenta il y a quelques mois :
il fit le rôle de Mithridate, il
avoit de la figure, une belle
contenance, une memoire ai-
sée, un son de voix ferme &
facile, en un mot il possedoit

M. Bros-
sette sur
Boileau.

toutes les qualités exterieures
que l'on puisse souhaiter. Cependant il déplut, il ennuïa à
un tel point qu'un spectateur
exprima le mécontentement
public par une saillie assez juste
& assez heureuse : Mithridate
se levant de son siege dit à Xipharès;

Votre pere est content :

l'écho ajoûta :

mais non pas le Parterre.

Cet Acteur fut rejetté & sifflé,
parce que manquant d'ame il
ne pouvoit se rendre maître
de celle des spectateurs.

Un moment de reflexion, sur
le défaut d'un si pitoïable déclamateur, découvre sensiblement les grands secours que la
Poësie reçoit de la Declamation : car si le jeu d'un habile
acteur augmente le merite &
l'éclat d'une belle Poësie : si

cette même Poësie récitée par un miserable Comedien, paroit estropiée, ennuïeuse & insipide, ce contraste prouve qu'elle doit donc à la Déclamation la plus grande partie de sa gloire. Le succès de quelques piéces foibles & mediocres prouve encore plus invinciblement l'art & le pouvoir des Acteurs: la gloire d'un succès si étonnant n'est dûë qu'à leur science & à leur action.

Cette observation a été faite dans tous les tems où le theatre a eu quelque reputation & quelque éclat. Sur celui de Rome les Comediens * embellissoient les pieces des plus mauvais Poëtes avec tant d'art, qu'

* *Scenici Actores tantum adjiciunt gratia vilissimis quibusdam Poëtis ut eis impetrant aures, & quibus nullus est in Bibliothecis locus sit etiam frequens in Theatris.* Quint. l. 11, c. 3,

ils attiroient une foule de fpec-
tateurs à leur reprefentation,
de forte qu'une piéce, qu'on
n'auroit pas voulu mêler parmi les livres d'une Bibliotheque, étoit fouvent vûë & re-
prefentée avec un grand fuccès. Ne tombons nous pas fre-
quemment dans cette illufion?
Le public fi ébloüi d'abord du
fuccès de plufieurs Tragédies
modernes, ne reconnoît-il pas
à prefent, que la façon dont
elles ont été reprefentées a pû
feule le féduire : avec quelle
fatisfaction a-t-il vû les répré-
fentations de celle d'Inés de
Caftro ! Cette piéce a de grandes beautés : mais la façon
dont elle a été joüée a beaucoup foûtenu fon fuccès. Les
Acteurs, dans la premiere ardeur des reprefentations, ont
fçu cacher certains défauts,

dont le public s'est apperçu de-
puis : entre autres la force &
la grandeur de la déclamation de Baron, qui semble par
cette piéce avoir mis le com-
ble à sa reputation , avoient
déguisé la foiblesse de la versification. Il est vrai , que le
Poëte , auteur de la piéce , paroit l'avoir faite sur un principe qu'il avoit établi dans un
de ses ouvrages , plusieurs années avant que de faire répré-
senter cette Tragédie. ,, Ce
,, n'est qu'au Théatre , dit-il,
,, qu'une versification negli-
,, gée peut trouver quelque
,, indulgence : l'action & la
,, prononciation la soûtien-
,, nent & la corrigent même en
,, quelque sorte.

Cette remarque est favorable à la déclamation : mais en
la donnant comme une maxi-

Disc. sur Hom. p. CLVI.

me, très-opposée après tout, aux vrais principes de la Poë-sie, il est à craindre que la reputation, le merite de M. de la Motte, le succès brillant d'I-nés, ne rendent cette maxime dangereuse pour d'autres Poë-tes, qui oseroient compter sur cette indulgence. On ne voit pas tous les jours des mira-cles, dit Corneille, remar-quant, si je ne me trompe, quelque défaut dans la Tra-gédie de Mariamne de Tri-stan, que le jeu d'un habile Acteur avoit empêché d'ap-percevoir.

Oedipe de Volt. Let. 1. L'auteur de la derniere Tra-gédie de Mariamne, n'avouë-t-il pas pour luy-même, qu'il doit au jeu des Acteurs le sort favorable, qu'a eu sa premie-re Tragédie? La piéce, quoi-que défectueuse, est néan-moins

moins au-dessus de bien d'autres dont je pourrois parler, sur lesquelles le public est étonné de s'ennuïer à la lecture, après qu'elles lui ont arraché des larmes à la representation. De semblables ouvrages n'aïant de beautés, que celles qu'ils empruntent de ces charmans seducteurs, se voient bien-tôt dépoüillés de leur éclat; ils tombent dès l'instant, que le défaut commence à paroître. Cette chûte si foudroïante pour le Poëte ne fait rien contre mon systême, puisqu'alors la déclamation a fait tout ce qu'elle devoit faire, & plus même qu'on n'en devoit attendre; le charme a réüssi: l'impression seule, & la lecture de l'ouvrage sont cause, que les Spectateurs ne peuvent être séduits plus long-tems. Ne pourroit-on point comparer l'illusion & le charme de la déclamation, lors qu'elle sert à soûtenir des piéces foibles & mauvaises, avec le langage trompeur de la Poësie, qui sçait faire d'un objet foible & desagréable un objet élevé & qui plait.

Non - seulement les régles & les préceptes renfermés dans les traités de Poësie & de Déclamation peuvent entrer en parallele & être comparés les uns aux autres : il y a encore une parité & une ressemblance entiere dans l'objet, sur lequel ceux qui cultivent ces deux arts font l'application de ces préceptes. La Poësie a pour but de divertir & d'instruire les hommes : la Déclamation a la même fin & un semblable objet ; elle imite.

par ſes actions & par ſes mouvemens , ce que l'autre avoit
imité dans ſes diſcours & dans
ſes expreſſions. Les traités de
Poëſie inſtruiſent un Poëte à
faire la peinture de la vertu
& du vice : l'art de la Déclamation forme un Acteur , &
lui aprend à répréſenter l'homme vertueux ou l'homme vi-
cieux : ces deux imitations
réünies font le charme & tous
les attraits du ſpectacle. En un
mot, ſi le dramatique ne doit
pas ſimplement faire un récit des paſſions, ſi pour émouvoir il doit toûjours préſenter
des perſonnages animés de ces
mêmes paſſions , le véritable
dramatique n'exiſte donc que
dans les Acteurs qui font de
vrais perſonnages parlans &
agiſſans ?

Le Poëte, qui fait parler Achille, s'éleve à des sentimens hardis & présomptueux, qu'il soûtient par des termes fiers & ménaçans : il peint la colere dont l'ame du heros est animée, l'Acteur est ce heros saisi de cette même passion, elle coule dans son ame, elle s'en empare, son regard, son geste animent le vers, & ses mouvemens presentent Achille si sensiblement, qu'on le voit menaçant Agamemnon & les Dieux, pour arracher à leurs sanglans autels sa chere Iphigenie, qu'ils demandent pour victime. „ L'esprit trompé par „ l'imitation croit voir les objets, tout paroît present & „ non répréfenté. On pourroit dire, que Racine frape, enleve l'esprit par la beauté de sa Poësie, & que Dufresne par le sentiment de sa Déclama-

M. de Ramsay, Voyag. de Cirus.

tion, touche, ébranle, enchai-
ne le cœur. Que cet Acteur
seroit grand, s'il pouvoit se
rendre maître de ce feu, &
de cette vivacité, qui l'em-
portent quelquefois.

On ne se lasse point de lire
les tendres discours d'une Rei-
ne malheureuse, qui, consu-
mée par une passion criminelle,
dont elle connoît toute la
honte,

Conçoit pour son crime une juste terreur,
Et prend la vie en haine & sa flamme en hor-
reur.

*Phed. act.
1. sc. 3.*

L'esprit admire : Eh ! qui pourroit ne pas admirer les sentimens & les expressions d'hor-
reur & de pitié que le Poëte pré-
sente ! Combien plus la passion,
le mouvement & le trouble aug-
mentent-ils dans le cœur, lors
que des Actrices telles que les
D^{lles} Duclos ou le Couvreur,

font cette infortunée qui

Pour sauver les débris de sa vertu fragile,
Dans les bras de la mort vient chercher un
azile.

La langueur, les situations, le
regard de l'Actrice ébranlent
l'ame & la touchent si vivement, que l'émotion éclate
par les soupirs & par les larmes. Cette tristesse majestueu-
se, qui fait tout le plaisir de la
Tragédie, vient enfin saisir &
penetrer tout le parterre &
toutes les loges : alors le spectacle est achevé.

Si nous mettions, Monsieur,
dans une juste consideration
les tems & la façon dont l'Acteur & le Poëte composent &
executent chacun de leur co-
té, en cela l'avantage seroit
pour l'Acteur. Le repos, la
tranquilité dont le Poëte joüit
lors qu'il compose son Poëme,

le secret de son cabinet, le tems qu'il emploïe à son ouvrage, lui apportent de grands secours dans la composition, un petit bruit, un rien le détourneroit, & le dérangeroit ; il peut à loisir concevoir , executer & finir.

L'action du Comedien se fait loin de ce silence : elle se passe dans le Public , souvent dans le tumulte ; quelques répétitions font toute son étude. Quel seroit son succès si , lors qu'environné des yeux du Public , il ne joignoit pas à une tranquile connoissance de son art , une facile hardiesse d'executer. Pour bien concevoir la grandeur, le pouvoir & les difficultés de la déclamation sur le Théatre , je me réprésente les peines & les soins, que le plus grand Orateur de la

Gréce se donna pour apprendre à réciter ses fortes & im-
petueuses harangues devant un
peuple qu'il vouloit entraîner
& persuader. Je le vois essaïer
de vaincre un begaïement naturel, & parvenir à tirer même
des graces de ce défaut ~~natu-
rel.~~ Au moins sçavons - nous
que quelque beaux que nous
paroissent aujourd'hui les discours de Demosthene, ils ne
peuvent pas faire sur nous autant d'effet qu'ils en firent au-
trefois sur les Atheniens, &
sur ses propres rivaux. Vous
sçavez, Monsieur, ce que dit
Eschine aux Rhodiens en leur
lisant la harangue qui avoit
causé son exil parmi eux. *Vous
admirez ce discours, qui est comme mort dans ma bouche, que se-
roit-ce donc, si vous aviez entendu
la* BETE *le déclamer elle-même?**

*Lucien. Eloge de Demosthe-ne.

11

Il me suffiroit, Monsieur, d'avoir prouvé que l'art & le talent d'un Acteur peuvent entrer en comparaison avec ceux du Poëte. J'avouë que cette comparaison n'est juste que pour les tems ausquels l'action de l'un & de l'autre se passe, je veux dire pendant leur vie, lors que l'un écrit & que l'autre déclame ; alors seulement ils peuvent se disputer & mériter une gloire égale ; ce qui arrive au-delà de ce tems n'est plus de mon système. Cependant, Monsieur, puisque nous parlâmes de l'immortalité dûë à tous les arts, qui fait le plus cher objet & la plus glorieuse récompense de ceux qui y excellent, & que vous m'objectâtes, que la Poësie est le chemin le plus assuré pour parvenir à cette immortalité, je re-

E

marque encore qu'elle n'est point si propre, ni tellement attachée à la Poësie, que la Déclamation n'en voïe tomber quelque rayon sur elle, & qu'elle n'en joüisse pas de même. Falisque, Satire, Esope, Roscius ont acquis un nom immortel. La posterité rendra la même justice aux Acteurs François dont le nom meritera d'être éternisé : déja plusieurs d'entre eux ont lieu de l'esperer.

A la verité voici la diffe-rence essentielle, & qui est la source des differentes idées qu'on peut avoir sur ces deux arts ; la Poësie voit passer aux siécles éloignés l'ouvrage avec le nom & la réputation de ce-lui qui l'a composé. Le nom seul de l'Acteur & le bruit de son talent y parviennent. Dans ce ſens là Fontaine a fait un partage égal de l'immortalité entre lui & la célebre Chanmeſlé, à qui il conſacra les derniers vers que ſa muſe a polis.

> Puiſſe le tout, ô charmante Philis,
> Aller ſi loin, que notre los franchiſſe
> La nuit des tems. Nous la ſçaurons domter,
> Moi par *écrire*, & vous par *reciter* :
> Nos noms unis perceront l'ombre noire ;
> Vous regnerez long-tems dans la mémoire,
> Après avoir regné juſques ici
> Dans les eſprits, dans les cœurs même auſſi.

Belphe-gor.Cont.

Ces vers marquent clairement la diſtinction des talens du Poëte & de l'Acteur ; ils deſignent en même tems l'égalité de gloire, que l'un & l'autre peuvent prétendre. Heureux les Acteurs, qui ont des garants de leur immortalité auſſi aſſurés que les Deſpreaux & les la Fontaines. Leurs noms affranchis des ombres de l'oubli feront regretter leur talent & leur merite dans les siécles les plus délicats.

L'action de l'Acteur cesse aussi-tôt que la toile est tombée, elle ne va point instruire ni occuper la posterité. Il ne reste de la plus belle & de la plus touchante Déclamation qu'un souvenir, que rien n'arrête, & qui ne peut être rappellé lors qu'il est effacé. Triste sort, commun aux plus belles choses de la vie ! Le Poëme au contraire passant de main en main se conserve & parvient à une gloire immortelle. Cet heureux avantage appartient-il à la Poësie ? vient-il d'elle ? en naît-il ? Non : elle le doit à l'art ingenieux, qui sçait peindre la parole & la conserver à nos yeux. S'il y en

avoit un semblable , qui pût
imprimer , faire vivre , & ré-
préfenter par des caractères
éternels les fentimens & les
expreffions de la Déclamation,
non-feulement la pofterité verroit les noms du *Récitateur* &
du *Poëte* confondus & affociés
dans le Temple de Memoire,
mais encore le *Recit* comme le
Poëme l'inftruiroit & l'occupe-
roit.

De même , fi par malheur
la Poëfie pouvoit être dépoüil-
lée & feparée de l'art , qui lui
donne la vie , fes grandes beautés fi juftement admirées pé-
riroient comme eelles de la
Déclamation : le nom feul de
Corneille , de Racine , & peut-
être celui de quelques autres
Poëtes Dramatiques pafferoit
d'âge en âge.

Avant que de mettre fin à

ma Lettre, vous voulez bien, Monfieur, que je prenne rendez-vous avec vous à la répréfentation de quelque piéce, qui vous fera plaifir, dès à prefent, fi vous êtes touché de la nouveauté, à la Comédie des *Fils ingrats*. Si je n'ai parlé que des mouvemens du Tragique, c'eft qu'ils frappent & qu'ils marquent davantage. L'art du Comique, quoique plus tranquille, plus fimple & plus naturel, n'eft ni moins beau, ni moins difficile. Les critiques attendent l'impreffion de la nouvelle piéce pour l'examiner de plus près : voila le dernier écueil : attendons auffi ce moment pour en porter un jugement affuré. Je fuis perfuadé d'avance, que le rôle de l'*Auditeur* fi aimé & fi plein de fel fur la Scène perdra beaucoup sur le papier de ce tour original & charmant que Dan-geville sçait lui donner. La ré-préfentation de la Piéce où nous nous trouverons me four-nira quelque exemple , dont je fortifierai mon fentiment , auquel je defire vous amener , comme vous perfuader que j'ai l'honneur d'être très par-faitement ,

MONSIEUR,

Votre très - humble &
très-obéïffant ferviteur.
LEVESQUE.

A Paris ce 10. *Nov.* 1728.

ERRATA.

PAge 9. l. 22. plus puiſſante que *la Décla-*
mation, liſez, *la Poëſie.*

P. 10. l. 14. *je n'entrevois que la différence*
que l'idée ſeule y a miſe, liſez, *je n'apper-*
çois d'autre différence, que celle que l'idée
y a miſe.

P. 13. l. 19. cette admiration *générale*, liſez,
publique.

P. 23 l. 18. ne dois-je point *en* tirer, effacez *en.*

P. 27. Citation. *Vie de Télopidas*, liſez, *Pé-*
lopidas.

P. 48. l. 8. défaut *naturel*, effacez *naturel.*

APPROBATION.

J'Ay lû par ordre de Monseigneur le Garde des Sceaux un Manuscrit intitulé : *Essai de Comparaison entre la Declamation & la Poësie Dramatique.* Fait à Paris le vingt-huit Decembre mil sept cent vingt-huit.

Signé, LA BARRE.

PRIVILEGE DU ROY.

LOUIS, par la grace de Dieu, Roy de France & de Navarre; A nos amés & feaux Conseillers les Gens tenans nos Cours de Parlement, Maistres des Requestes ordinaires de notre Hôtel, Grand Conseil, Prevôt de Paris, Baillifs, Senechaux, leurs Lieutenans Civils, & autres nos Justiciers qu'il appartiendra, SALUT. Notre bien amé le Sr *** Nous ayant fait supplier de lui accorder nos Lettres de Permission pour l'impression d'un Livre qui a pour titre : *Essay de Comparaison entre la Déclamation & la Poësie Dramatique*, offrant pour cet effet de le faire imprimer em bon papier & beaux caracteres, suivant la feuille imprimée & attachée pour modéle sous le contre-Scel des Presentes : Nous lui avons permis & permettons par ces Presentes, de faire imprimer ledit Livre cy-dessus specifié, eu un ou plusieurs volumes, conjointement ou feparement , & autant de fois que bon lui femblera, fur papier & caracteres conformes à ladite feuille imprimée & attachée fous notredit contre-Scel, & de le vendre , faire vendre & débiter par tout notre Royaume pendant le tems de Trois années confecutives, à compter du jour de la date defdites Prefentes. Faifons deffenfes à tous Libraires , Imprimeurs & autres perfonnes de quelque qualité & condition qu'elles foient d'en introduire d'impreffion étrangere dans aucun lieu de notre obéiffance. A la charge que ces Prefentes feront enregiftrées tout au long fur le Regiftre de la Communauté des Libraires & Imprimeurs de Paris dans trois mois de la date d'icelles ; que l'impreffion de ce Livre fera faite dans notre Royaume & non ailleurs, & que l'Impetrant fe conformera en tout aux Reglemens de la Librairie & notamment à celui du 10 Avril 1725. Et qu'avant que de l'expofer en vente le Manufcrit ou Imprimé qui aura fervi de copie à l'Impreffion dudit Livre , fera remis dans le même état, où l'Approbation y aura été donnée, ès mains de notre cher & feal Chevalier Garde des Sceaux de France le Sieur Chauvelin ; & qu'enfuite il en fera remis deux exemplaires dans notre Bibliotheque publique, un dans celle de notre Château du Louvre, & un dans celle de notredit très-cher & feal Chevalier Garde des Sceaux de France le Sieur Chauvelin ; le tout à peine de nullité des Prefentes : Du contenu defquelles vous mandons & enjoignons de faire jouir l'Expofant ou fes

ayans cause pleinement & paisiblement, sans
souffrir qu'il leur soit fait aucun trouble ou
empêchement. Voulons qu'à la Copie desdites
Presentes, qui sera imprimée tout au long au
commencement ou à la fin dudit Livre, foy
soit ajoûtée comme à l'Original. Comman-
dons au premier notre Huissier ou Sergent de
faire pour l'execution d'icelles tous actes re-
quis & necessaires, sans demander autre permission , & nonobstant Clameur de Haro,
Charte Normande & Lettres à ce contraires;
CAR tel est notre plaisir. Donné à Paris le
trente-uniéme jour du mois de Decembre l'an
de grace mil sept cent vingt-huit, & de notre Regne le quatorziéme. Par le Roy en son
Conseil. *Signé*, CARPOT. Et scellé.

*Registré sur le Registre VII. de la Chambre
Royale & Syndicale de la Librairie & Impri-
merie de Paris , N° 304. Fol. 256. confor-
mément au Reglement de 1723. qui fait def-
fenses, Art. IV. à toutes personnes de quelque qualité qu'elles soient , autres que les
Libraires & Imprimeurs , de vendre , débiter
& faire afficher aucuns Livres , pour les vendre en leurs noms , soit qu'ils s'en disent les
Auteurs ou autrement , à la charge de four-
nir les Exemplaires prescrits par l'Art. CVIII.
du même Reglement. A Paris le cinq Février
mil sept cent vingt-neuf.*
Signé COIGNARD, Syndic.

9 782014 447156